点亮的岁月

韩明智 著

国家图书馆出版社

图书在版编目(CIP)数据

点亮的岁月 / 韩明智著. — 北京 : 国家图书馆出
版社, 2023.11
ISBN 978-7-5013-7817-3

Ⅰ.①点… Ⅱ.①韩…Ⅲ.①诗集—中国—当代 Ⅳ.①I227

中国国家版本馆CIP数据核字(2023)第143071号

书　　名　点亮的岁月
著　　者　韩明智　著
责任编辑　景　晶　宋亦兵
───────────────────────────────
出版发行　国家图书馆出版社(北京市西城区文津街7号　100034)
　　　　　(原书目文献出版社　北京图书馆出版社)
　　　　　010-66114536　63802249　nlcpress@nlc.cn(邮购)
网　　址　http://www.nlcpress.com
经　　销　新华书店
印　　装　北京武英文博科技有限公司
版次印次　2023年11月第1版　2023年11月第1次印刷
───────────────────────────────
开　　本　710×1000　1/16
印　　张　11.5
字　　数　150千字
书　　号　ISBN 978-7-5013-7817-3
定　　价　58.00元
───────────────────────────────

谨以此诗集

献给天下所有的父母、夫妻、儿女和援疆干部！

序 一

　　韩明智诗集《点亮的岁月》出版，邀我作序，这让我深以为难。我不会写诗，更不敢妄加评论，但作者再三邀请，盛情难却，只好应允。

　　明智当过教师，长期在基层工作，还曾援疆三年，工作之繁忙可以想见。即便如此，他始终热爱文学，利用业余时间创作诗歌，做到笔耕不辍、新作不断，不少作品还见诸报刊。他的诗歌展现了对平凡岗位、对故土亲人的热爱，蕴含着他对人生的感悟。从其短小简约的诗句中，能真切地感受到他深厚的人文情怀和丰富的内心世界，这一点难能可贵。

　　《点亮的岁月》一书结集明智70余首诗歌作品，即将出版，谨表祝贺。

周和平

2023年5月12日于北京

序 二

　　作为曾在《解放军报》"长征副刊"从事多年编务工作的我，对于诗人、诗作还是很关注的。一天，一组来自家乡河北的诗作引起我的注意。诗歌的作者叫韩明智。仔细翻看这些颇感亲切的诗作，其中一首《边疆的月色》吸引了我的目光。诗中写道："边疆的月色是清冷的/围着火炉吃西瓜/才让月色多了一道/白里透红的风景……边疆的月色是炽热的/边境线上/闪烁着多少双冷峻如霜的眼睛/深沉的橄榄绿静如处子/却澎湃着似火的青春/边疆的明月无眠/为幸福照亮归程。"诗句虽不完美，却与"长征副刊"所倡导的雄浑质朴的军旅诗风颇为合拍，于是推荐给军报的编辑，不久之后，这首诗便在《解放军报》"长征副刊"发表出来。

　　就这样，与韩明智有了编者与作者之间的交往。后来，我大致了解了他的工作经历。韩明智是一位忠实的文学爱好者，1985年从河北邢台师范专科学校毕业后，当过初中语文教师，也在县直机关工作过，还在3个乡（镇）任过乡（镇）长、党委书记。尤为难得的是，他有过3年援疆的经历，在新疆巴州任若羌县委副书记。这是一段难得的人生经历。"大漠孤烟直，长河落日圆""醉和金甲舞，雷鼓动山川"——这样的边塞生活，一定鼓舞了他的创作，使他写出《边疆的月色》这样的诗作。再后来，他到邢台市政协工作。他告诉我："到政协工作后，时间相对宽裕了一些，把文学又拾了起来，主要写一些现代诗和散文。"

"把文学又拾了起来"，让人意想不到的是，他这一"拾起来"就一发不可收拾。不久前，他寄来厚厚一叠诗稿，说准备出版一本诗集，书名就叫《点亮的岁月》。捧读着诗稿，我仿佛一页页地翻动着诗人在岁月中闪亮的诗情，倾听着他的心跳和呼吸。在诗中，他写下业余创作的甘苦："一缕月光入怀/瞬间/激扬了几十行文字/一首长诗呼之欲出"（《半首长诗》）；他写下军人站岗执勤、守望边关的价值："梦需要妆点/更需要守卫"（《守望》）；他尽情地回忆着边疆生活在心灵刻下的印记："新疆的酒是用乡情酿的……每一场都能喝成演唱会/每一场都能喝成音乐会/每一场都能喝成歌舞会"（《新疆的酒》）。

如果说边疆的生活充盈着壮美的旋律，那么对故乡的追忆则充满了温暖和温情。在诗人眼中，干农活也充满了诗意："爷爷耕出来的是整齐有致的/诗行……诗文原来是大地上长出来的/后来/我也变成了爷爷一样的诗人"（《干农活·耕地》）；在诗人对母亲的描绘中，阳光也有了味道："阳光是母亲的最爱/那些阳光的味道在棉花里深藏"（《老粗布》）；在对童年煤油灯的回味中，诗人捕捉到生活的哲理："心中的灯不亮/白昼也是黑夜"（《煤油灯》）；有了真情，方有这样的奇思："我多么期盼/把所有的压岁钱都给了您/您能再发给我们/年复一年/年复一年"（《压岁钱》）；有了深沉的爱，也自然会有深沉的诗句："孩子力量多大/也大不过老娘的肩膀/七十岁能扛起百十斤的小麦/还扛起了红红火火的四世同堂"

（《老娘》）。

细述了乡情和乡愁之后，诗人向人们展示了他心灵的诗意。"嫩柳染春/小桃才数点/一枝满怀心事的红杏/正在酝酿那首千古名诗"（《初春窗外》）；"岁月不饶人/我也从未饶过岁月"（《岁月遐想》）……这些如珠玑般的诗句，都会让人眼前一亮。

我从诗人的诗作中采撷出这些闪亮的诗句，是为了说明一个道理：诗贵情真。有了真挚的情感，自会有奇妙的诗句。刘勰在《文心雕龙》中有《情采》一章，提出"为情而造文"的主张。"为情造文"的作品以《诗经》中"国风"和"大小雅"为代表，把情感自然而然地表现出来，与后世"为文而造情"的骈文形成了鲜明的对比。韩明智的诗作，是情与真的唱和，是善与美的交响——这些特色，使得这位质朴的诗人在回味与追忆中完成了对故乡、他乡与亲情的深情书写。

诗歌是照耀人生的火炬。火炬是明亮的，要求诗人不仅仅有情感，还要有艺术的功力。《点亮的岁月》在诗艺上的可贵之处在于，诗人把丰沛饱满的思想情感沉浸在想象的世界里，纵横驰骋，"吟咏之间，吐纳珠玉之声；眉睫之前，卷舒风云之色"。同时，诗人也在有意识地把握着诗歌的节奏，在铿锵高歌之时，没有忘记低沉的咏叹。诗人在诗集的后记中写道："我也食人间烟火，也有七情六欲。我觉得，人之所以是高级动物，在于克制，在于比较，在于谋划，在于抗争，更在于追求人间大爱！"我觉得，这是一种奔波之中的歇脚，而这种克制、比较、谋划，让诗歌拥有了思考的力量。"日复一日/踩出自己的诗三百/春花 夏风 秋月 冬雪/如约而至"（《日历》）。诗人正是试图用诗歌去构建一种新的人生"日历"，用行走去创造更加丰盈的人生。"期许总在心里／岁月有情／为伊消得人憔悴／脚步层层叠加／收获／在行走中芬芳"（《日历》）——这就是诗歌的力量，归根结底是热爱的力量。

"夜晚就浓缩在一间书屋／灯光微弱／却很容易把过去点亮……"这首《点亮的岁月》，让我们读懂了精神生活的价值和力量。有诗相伴的岁月，是明亮而温暖的。期待能够读到诗人更多优美的诗作。

刘笑伟

2023年4月24日于北京

目　录

第三辑　一杯茶

第四辑　诗友说

第一辑

喀纳斯

边疆的月色

边疆的月色是清冷的
围着火炉吃西瓜
才让月色多了一道
白里透红的风景

边疆的月色是孤独的
晚归的牧民和几峰骆驼
在大漠孤烟直中摇曳
踩碎了由远到近的铃声

边疆的月色是沸腾的
蒙古包火辣辣的酒杯里
斟满了乡情友情亲情
举杯邀明月
都是狂欢共舞的身影

边疆的月色是炽热的
边境线上
闪烁着多少双冷峻如霜的眼睛

深沉的橄榄绿静如处子
却澎湃着似火的青春

边疆的明月无眠
为幸福照亮归程

发表于《解放军报》"长征副刊"2023年1月10日

新疆胡杨（外一首）

春天托起了希望
秋日成熟了金黄
千年不倒千年不死千年不朽的风骨啊
挺起的多像中国人的信念和力量

烈日暴晒着躯体
沙尘肆虐着容光
千年不倒千年不死千年不朽的精神啊
托起的多像中华民族的脊梁

罗布泊遐想

太久太久的荒凉
太远太远的惆怅
太多太多的没有定论的考证啊
揭不开思绪的迷茫

著名楼兰三间房

与博物馆内沉睡千年的楼兰美女一样悲怆

与死于刀下身上布满疤痕的武士一样凄凉

他们似乎都

在呐喊

在诉说

在呼唤着和平

呼唤着健康

呼唤着传说中曾经的

水草丰美

风吹草低见牛羊

沙尘暴掩不住历史的沧桑

盐碱地遮不住记忆的悲壮

人与自然只有和谐相处啊

才能共筑人类命运共同体的

辉煌

发表于《邢台日报》"百泉副刊" 2022年9月21日

罗布泊感悟

之一

置身罗布泊
你就是个点
世界是个圆
地球绕你转

之二

立足罗布泊
心旷神也宽
手可托日月
胸能纳百川

之三

置身罗布泊
你不得不感慨人是渺小的
如同沙漠碎石

如同戈壁盐碱

置身罗布泊
你不能不感慨人是伟大的
如同蓬勃升起的朝阳
如同胡杨般倔强的硬汉

之四

彭加木【1】的失踪
谜一般的答案
余纯顺【2】的旅行
生与死的探险
死亡之海不再是阴森森的恐怖
罗布泊钾盐公司的进驻啊
再次昭示着人定胜天

之五

立足罗布泊
你感觉太阳为你升起
地球为你旋转
当年腾空的蘑菇云啊
升起的岂止是世人的景仰
还有中华民族的尊严

注：【1】彭加木，著名科学家，1980年5月率队考察罗布泊，据传言因独自寻找水源而失踪。

【2】余纯顺，著名探险家，1996年6月在罗布泊探险过程中失踪。

穿越塔克拉玛干沙漠

在塔克拉玛干沙漠公路上行驶
蜿蜒起伏的曲线
防风固沙的沙柳
就是诗行

在塔克拉玛干沙漠上行走
牧民和骆驼的剪影
一行行足迹
一串串铃声
就是诗行

四百多公里的沙漠穿越之后
我们看不到了牧民
牧民也看不到了我们
但都在奔向各自的
诗和远方

新疆记忆

小杯子载不动新疆人的豪爽热情

金碗铜碗玉碗就成了标配

推杯换盏中

喝成了五湖四海

喝成了"儿子娃娃"

喝成了血浓于水的民族大家庭

多个民族方言的叫卖声中

弥漫着坦荡真诚

你无需担心缺斤短两

民族的朋友

敢把心掏出来给你看

像吐鲁番的葡萄晶莹剔透

像和田玉的籽料

无需雕琢　浑然天成

烤全羊　手抓饭　大盘鸡

洋溢着幽默的烟火色

鲁菜　粤菜　东北菜

盛满了浓厚的家乡情

肯德基 麦当劳 糊辣汤

你方唱罢我登场

交相辉映

牛仔裤与艾特莱斯大摆裙

西服与袷袢装

麦西来甫与迪斯科

扭出了新时尚

炫出了民族风

新疆记忆

在一碗又一碗酒里燃烧激情

在大巴扎里兑现真诚

在不分他乡故乡的人间烟火里

升腾起我人生的背景

腾飞的若羌（歌词）

中国第一大县在什么地方

那就是宽广无比的若羌

你可知道那神秘的楼兰姑娘

美丽的容颜诉说着千古沧桑

丝绸古道连接远方

楼兰古城映射着历史的辉煌

古老的楼兰今天的若羌

若羌儿女正托起新时代的朝阳

中国第一大县在什么地方

那就是绿色精美的若羌

你可知道那驰名的大漠枣香

四溢的果香讲述着勤劳善良

雪原荒漠变绿洲

楼兰红枣谱写着若羌人的小康

古老的楼兰今天的若羌

若羌儿女正走向新时代的富强

中国第一大县在什么地方

那就是开拓奋进的若羌

你可知道那富饶的钾盐宝藏

银色的盐花绽放着光芒

塔东钻机轰鸣欢唱

巍峨金山吸引着世人的目光

古老的楼兰腾飞的若羌

若羌儿女正迈向新时代的辉煌

啊　腾飞的若羌

乘风破浪　走向辉煌

若羌红砖路【1】

若羌曾有一条路
2000人5年时间
用六千万块红砖
走了102公里

每一块砖都很普通
连起来竟走成了奇迹

而今　库尔勒到若羌
400多公里的218国道旁
蜿蜒着一段不到3公里的
红砖路
这是一个巧妙的组合
告诉世人
有的路走向远方
有的路走向心里

大漠戈壁里的红砖路
一头连着当代人的梦想
一头连着那些年的记忆

胡杨相伴的红砖路

为一个时代做下注释

为另一个时代夯实根基

注：【1】若羌红砖路，1966年8月开工建设，1971年5月竣工，全长102
公里，有碑为证，号称"世界上最长的砖砌公路"，位于若羌
县境内距离库尔勒市218国道边。红砖路共用了大约6129万块
砖，当年由两千余名筑路工人砌成。砖砌公路现保存不到3公
里，已不行驶汽车，而成为一个景点。这里是若羌到库尔勒218
国道必经之处，新疆若羌3年援疆期间多次路过，每次都驻足停
留，追寻那悠长的回忆。这条路很短，但也很长……

新疆拉条子

从甘肃沿着河西走廊

拉条子

穿越沙漠戈壁

风尘仆仆　来到新疆

牛羊肉好客热情

伴着西红柿　青椒　皮牙子

辣子　白菜　毛芹菜

不给你水土不服的机会

外来户变土著

一夜成名

到新疆吃拉条子

能吃出到三亚去海边的

画意诗情

能吃出哈尔滨马迭尔冰棍的

畅快寒冬

拉条子实在筋道

凝聚着一桌桌"儿子娃娃"

拉条子豪爽奔放

炫动着新疆味　异域风

不信你登上火车

就是乘上飞机

还会回来的

你带走了胃

拉条子却是那牵心牵肺的绳

喀纳斯

第一次到喀纳斯
无非是慕名而去
怦然心动的
不仅仅是楚楚动人
倾国倾城
更有一种恨不相逢未嫁时的愁绪

第二次到喀纳斯
是朋友的建议也是我的倡议
揭开面纱
名门闺秀的魅力芳华
让徘徊的时光如此亮丽

第三次到喀纳斯
有意也是无意
朋友说什么是新疆
我说就是这里

喀纳斯湖

一次又一次

一生又一世

也许这就是有情人的期许

半首长诗

深夜寂寂
蟋蟀低吟
犬吠忽远忽近
大地的吟唱
夜以继日

书房　白发　台灯
水杯　稿纸　钢笔

眉头
为赋新诗
而紧蹙

一缕月光入怀
瞬间
激扬了几十行文字
一首长诗呼之欲出
只待作为天籁的和声
狗和猫也有自己的天籁
撒欢　嬉闹

撕咬着一地月色
让那长长的诗情
支离破碎

半首长诗给我
还有半首
凝神倾听

徘徊

月亮在徘徊
我也在徘徊
蓦然
星月莞尔一笑
让披星戴月的脚步渐行渐远

林荫在徘徊
我也在徘徊
蓦然
缕缕清香拂面
几枝树叶招手
小路那头的身影成了双人

河岸在徘徊
我也在徘徊
蓦然
激流让小舟一抖
孤帆一片正从日边走来

成败兵家事（歌词）

繁华人间事

情丝荡悠悠

偶有

喜上眉头

偶有

愁上眉头

喜忧参半平常事

皆如江河水付诸东流

茫茫人世间

思绪荡悠悠

哪有

成无尽头

哪有

败无尽头

成败实乃兵家事

都像日月星续写春秋

喜忧参半平常事

皆如江河水付诸东流

成败实乃兵家事

都像日月星续写春秋

赞王其和太极拳

之一

正脉传承隐民间

发源悠久古任县

欣逢盛世现生机

其和美名天下传

之二

中华武林百花苑

太极奇葩独争艳

历代传人做奉献

众人划桨开大船

之三

哲思妙理太极拳

德真悟恒【1】是箴言

内外双修养正气

文武兼备立世间

之四

德在习武人之先
真功实练滴水穿
悟艺悟理悟大道
恒心恒力恒则坚

之五

弟子尽责"承研传"
理明心静法度严
含势化神得奥妙
天人合一顺自然

之六

刚柔相济势浑圆
沾连粘随理法严
中正安舒含智慧
呼吸开合汇丹田

之七

连绵不断江河水
立如平准稳如山
上下相随成一体
五弓齐备箭在弦

之八

老幼皆宜众万千
摘金夺银星璀璨
走出国门获荣誉
邢襄再添金名片

之九

健康中国正扬帆
加油助力其和拳
国家非遗展异彩
奋进路上谱新篇

注：【1】德真悟恒，王其和太极拳四字要旨。

发表于《邢台日报》"百泉副刊"2022年10月12日

守望

执手空空
两颗依依的心
一在大漠
一在故乡
思念
边境线一样绵长
夜色清冷而孤独
梦
却炽热
把久别的爱烧得滚烫
我们或在昆仑山巅偎依
或与家乡的油菜花纵情绽放

守望
生动得像你善睐的眼眸
我在你眼睛里巡逻
你在我眼睛里尽孝

梦需要妆点
更需要守卫

发表于《解放军报》"长征副刊"2023年3月28日

手机

不知不觉

要在手机里寻找自己

行走坐卧

似乎是手机在指引方向

无形与有形

令人畅快也带来忐忑

只说手机在手上

不曾想已经长在了心里

手机是我的影子

形影不离

父母　亲友

妻子　孩子

难免诸多离愁别绪

偶尔的无奈

在影子里相聚

或浪迹天涯

或奔波于沙漠戈壁

当年那弯皎洁的月亮

有多少但愿人长久的惆怅

当年那座小山

有多少遥知兄弟登高处的牵挂

此刻

正翻山过海

穿越时空

一张看不见的网

紧贴着悲喜

那棵古柳

又是一个明媚的日子
再遇那棵古柳
褶皱的脸抚摸我
泪流面颊
热满心头

那也是一个灿烂的日子
我要去远方行走
离开熟悉的土地
一挥再挥是惜别的手

踏遍了万水千山
沧桑如家乡的古柳
如果一棵树对另一棵树
发出了召唤
我的步伐
定然是我的乡愁

新疆的酒

新疆的酒是用心情酿的
金碗玉碗铜碗
每一碗都是祝福
每一碗都是真诚
每一碗都是友谊的甘泉

新疆的酒是用性情酿的
提酒的　　敬酒的　　斟酒的
每一次都携风带雷
每一次都直指人心
每一次都有日月的见证

新疆的酒是用乡情酿的
请客的　　被请的　　助阵的
每一场都能喝成演讲会
每一场都能喝成音乐会
每一场都能喝成歌舞会

新疆的酒是江河也是纽带
杯盏之间　　滔滔汩汩
让天南地北的人亲如一家

酒说

我从远古走来

我从田野走来

我从五谷走来

陈酿着过去

芳香着现在和未来

我曾走进洞房花烛夜的帷幔

也曾闪烁于金榜题名时的杯盏

我曾陶醉他乡遇故知的怀抱

也曾在久旱逢甘雨中酣畅淋漓

人逢喜事我爽在心头

举杯消愁愁更愁

我曾痴迷红楼

也曾梦幻西游

鼎助武松打虎

见证桃园结义

文人遇我

只嫌墨短

李白豪饮

诗百篇醉香千年

武将遇我

哪管剑长

刘邦威武

一曲《大风歌》

在剑锋烁烁其光

我就是酒

酒于唇　酒于心　酒于魂

酒在哪里

人就在哪里

有时候

酒就是人

酒的千年

就是

诗的千年

史的千年

人的千年

老照片

干农活

耕地

趴在爷爷背上看到的庄稼活儿
自己动手才明白
爷爷耕出来的是整齐有致的
诗行
自己耕出来的是杂乱无章
诗文原来是大地上长出来的
后来
我也变成了爷爷一样的诗人

摇耧

摇耧是一件大事
要从"也傍桑阴学种瓜"做起
让种子先在心里扎根
到能摇耧种地时
自己已如同一位钟情于大地的画家了
每一粒摇下的种子都有色彩
只待来年

那个尽情涂抹的秋

扬场

扬场的人受人尊敬

把麦粒和麦糠分开

需要一个仪式

一场庄稼的盛会

也是小村的狂欢

顺风扬场

那定然是新手

追着风跑总是一些年轻的身影

逆风扬场

多了一份从容

扬起的才是由衷的笑脸

顺风逆风

让扬场在收获里辩证

发表于《中国农网》"文化专栏" 2022年12月20日

风筝

小时候
母亲带我放风筝
问我
你长大干啥
我说也要变成一只风筝
走好远好远
飞老高老高

援疆
让我变成了母亲的风筝
也放飞了儿时的梦

母亲的牵挂就是那根长长的线
飞机落地的瞬间
母亲的心也落地了

新疆风大
风再大
三十多年的一粥一饭
已经化成铠甲

能防沙

能挡风

新疆夜长

夜再长

三十多年的唠叨叮咛啊

早已经化作

我心中那盏不灭的灯

母亲啊

风筝会回去的

我脱离不开你那根长长的线

老粗布

老粗布长在棉花里

我也长在棉花里

阳光是母亲的最爱

那些阳光的味道在棉花里深藏

许多年之后仍能拉回游荡的思绪

我知道那样的召唤

正渐行渐远

老粗布是母亲最美的装饰

还有

一副老花镜

一双核桃般的手

一群依偎膝下的儿女

都能让她笑靥如花

棉花不会在母亲鬓边

那样的美凋零太快

祖传的审美不能走样

种花　育花　摘花　轧花　弹花

到纺线　织布　缝制的七十多道工序

让老粗布

为一个家族的温暖无限延展

老粗布穿在身上

盖在身上

身上就阳光灿烂

那光芒从新石器时代就织进了经纬

和母亲的针脚一样

在今天

依然星夜兼程

发表于《绿风》诗刊"八方诗潮" 2023年第4期

煤油灯

童年和少年的

夜晚是被煤油灯点亮的

被烟熏火燎成"老包"的我

如同凿壁借光

把求知欲和灯捻儿一样

滋滋地燃烧

知识的根基和灯罩一样扣得很牢很牢

日复一日

达旦通宵

后来的夜晚

煤油灯成为传说

从白炽灯到霓虹灯的五光十色

从电子灯到数字灯的光怪陆离

目不暇接的我苦苦算计着书桌前的灯光

增加了多少

心中的灯不亮

白昼也是黑夜

点亮的岁月

之一

岁月悠长
长不过爷爷的脚步
从家门口到一亩三分地
三百米的距离
爷爷沾满泥土的大脚
走了一辈子

之二

岁月悠长
长不过父亲头上的灯光
几十年在煤矿巷道行进
是母亲和我们的牵挂
为那盏矿灯永续光芒

之三

岁月悠长

夜晚就浓缩在一间书屋

灯光微弱

却很容易把过去点亮

一半沉于心底

一半映在纸上

过年的味道

过年的味道是小时候的味道
大锅菜、肉水饺、蒸年糕
满嘴流油
一流就是一年的煎熬

过年的味道是穿新衣戴新帽
全新的我们
在父母热切的眼神里
和花红柳绿的春天一同长高

过年的味道是小小的心思
压岁钱不多却能点响迎春的
鞭炮
春联和红灯笼、红脸蛋
一起把来年映照

一年又一年
从领着春天走
到外孙拉着跑

什么时候过年啊
只一声稚嫩的询问
就是我过年的味道

发表于《邢台日报》"百泉副刊"2023年1月13日

压岁钱

童年最盼望的礼物是压岁钱

块儿八毛

或多或少

连同父母的美好祝愿

年复一年

我们也成为孩子的父母

开始给我们的孩子压岁钱

年复一年

后来孩子也成为孩子的父母

开始给他们的孩子压岁钱

年复一年

突然有一天我发现

父母老了

眼看不清

话说不清

连自己孩子的名字也叫不清了

我多么期盼

把所有的压岁钱都给了您

您能再发给我们

年复一年

年复一年

发表于《邢台日报》"百泉副刊"2022年1月13日

春联

上一年的
喜怒哀乐　苦辣酸甜
在风吹雨打中斑驳陆离
揭下发黄的记忆
贴上红彤彤的展望

新的一年
一个人
一个家的脚步和希冀
在噼里啪啦的鞭炮声中
由春的起点开启
在总把新桃换旧符中拉开序幕

父母在

父母在

家就有深植的根

血液般滚烫的爱

浇灌滋润

托起一片绿色

繁茂子子孙孙

父母在

家就有凝聚的魂

学步再学步

一代人又一代人

从坚定的脚印里启程

父母在

家就四季如春

风霜雪雨

不管多么凛冽

这方小小的天地

只待揽你入怀

父母在

陋室就是圣殿

父母弯下的腰身挺起虔诚

朝拜佛祖

也朝拜大地

父母在

满园春

母亲

这世界
胸怀最宽广的是母亲
容得下江河湖海
日月星辰

这世界
听力最好的是母亲
一声啼哭
撼动十里之外的耳膜

这世界
最勇猛的是母亲
孩子有难
弱妇变身勇往直前的斗士

这世界
情商最高的是母亲
孩子再丑再笨
依然是她的
俊男靓女　心肝宝贝

这世界

最牵肠挂肚的是母亲

天各一方　风吹雨打

那份扯不断的牵挂

心连着心

血浓于水

这一年

一头白发跪拜另一头白发

母亲眼中分明在说

儿啊　还未长大

失忆的老父亲

岁月的褶皱深嵌在额头

像额头一样粗糙的手

端不动半碗乡愁

满嘴仅剩的两颗牙

让一粥一饭如山如河

每一次咀嚼难过蹒跚的行走

我一勺一勺地奉还

儿时的记忆

在您迷失的时光里

转换人生的角色

老父亲啊

我知道

您灰涩的眼睛

是在说话

也在倾听

儿子不能走进您的世界

您却给了儿子满世界的风景

母亲心中有尊佛

母亲心中有尊佛

点蜡　烧香　磕头

用最原始最直接的方式表达

用一辈子的光阴

把虔诚和孩子们举过头顶

青丝在香烟升腾中染成了白发

脊梁在烛光映照中弯成了一张

僵硬的弓

和父亲的耕耘一样

弯腰再弯腰

尽是对大地和收获的敬重

不识字的祈祷

简约而直白

一生不变的是

"全家都好" "全家都好"

就像晨钟暮鼓

相伴着一声又一声佛号

今又除夕
母亲点亮红烛
巨大的投影直到辽远
这让我了悟母亲的佛法
有多么宏阔

佛在母亲心中
母亲在我心中

老家大锅菜

大锅菜和穷连在一起
那时
年节盼着的味道
大锅　熬菜
不仅让唇齿留香
还把记忆拉伸得绵长

大锅菜和大事连在一起
乡下人的喜怒哀乐
在木柴火里噼啪作响
红白喜事百味杂陈
一碗大锅菜
压疼了乡亲们的手腕儿

大锅菜终于和风景连到了一起
猪肉白菜　豆腐粉条
海带葱姜　花椒大料
蒸腾的大锅本身也成了景致
让打卡的少年唇齿留香
端起一碗热腾腾的大锅菜
望得见山
看得见水

老照片

循着发黄的印迹
走回40年前

石榴树长满故事
小脚丫踩出童趣

自己和自己对话
自己走进自己的心里

照片越来越近
脚丫渐行渐远

明信片

那年
千树万树梨花开的早晨
明信片纷至沓来
遥远而滚烫的祝福
飘落案头
激荡心头

这年
晚来天欲雪的灯下
世界落进小屏
短信　微信　抖音　电子邮件
驰骋的网络里
祝福一路狂奔

陈旧的字迹是清晰的笑容
键盘的声音单调而短暂
这个穿越的案头
我在一张张明信片里
漫步

邻居

村里的邻居

才是邻居

紧紧依偎的鸟巢

叽叽喳喳能把

整个村庄闹得笑语欢声

光屁股时就长在一起的

如今谁家要有个大事小情

闻着味就过去了

准把事操持得

大锅菜一样沸腾

远亲不如近邻

一幅烟火气十足的画卷

徐徐展开

喧闹城市的水泥森林

让一个个鸟巢

变成了孤岛

对门都是陌生人

从没想过

笑问客从何处来

农村的脚步

跟丢了城市的脚步

邻居的脚步

错过了邻居脚步

老娘

孩子走多远
也远不过老娘
临行密密缝的目光
千丝万缕的挂牵
远不过意恐迟迟归的凝望

孩子力量多大
也大不过老娘的肩膀
七十岁能扛起百十斤的小麦
还扛起了红红火火的四世同堂
如今脊背弯了
但依然能经风　扛巨浪

孩子长多大
也大不过老娘的嗓门
电话两端有两头白发
一头在倾听
一头在絮叨
发了黄的叮嘱

一辈子的浇花匠
在呵护着她心中的阳光

于是
推开琐事
让一头白发
多行走在看望另一头白发的
路上

致爱妻

——写在你五十岁生日之际

之一

我骄傲

你是我美丽的妻

西施只有沉鱼貌

内外兼修莫如你

之二

我骄傲

你是我善良的妻

兰质蕙心赠玫瑰

有情有爱唯无己

之三

我骄傲

你是我朴实的妻

风雨同舟手挽手
吃糠咽菜不离弃

之四

我骄傲
你是我贤惠的妻
尊老爱幼走在前
相夫教子做人梯

之五

我骄傲
你是我勤俭的妻
半丝半缕常忧患
一粥一饭思不易

之六

我骄傲
你是我聪慧的妻
只为家园增秋色
甘作春天及时雨

之七

我骄傲
你是我可敬的妻

笑对艰难浑不怕
携手能敌暴风雨

之八

我骄傲
你是我开明的妻
常思己过心坦荡
不论他非善凝聚

之九

我骄傲
你是我骄傲的妻
凯旋之时寻根源
除了母亲无非你

附：

和老韩先生

梁桂缺[1]

枫叶正红巧逢君
诗情才气秋色深
初识芳心即暗许
并蒂莲花枝头春

比翼双飞系初心
花前月下情挚真
来年娇女一声啼
吉祥三宝好温馨

花开花落十六载
君赴新疆献青春
儿到雨城修学业
我在家中孝双亲

夫君甘做孺子牛
呕心沥血只为民
儿亦将为儿之母
幸福又有后来人

注：【1】梁桂缺系韩明智先生的夫人。

爱

爱
是一条江河
既可以顺流而下
也可以逆流而上

爱
是一片港湾
既可以波涛汹涌
也可以风平浪静

爱
是一弯晓月
既可以愁似弯眉
也可以笑若明眸

爱
是一轮太阳
既可以日落西山
又可以旭日东升

不管是不是诗

儿时
也傍桑阴学种瓜
瓜没种好
小脚丫却踩出几句"红小兵 冲冲冲"
秧苗像顺口溜一样东倒西歪
父亲冲着我那诗怒吼

少年时
微风依依的杨柳
曾送我一首小诗
我宝贝一样塞给女同学
红脸蛋一溜小跑
消失在比诗还远的远方

中专时
多情的晚自习灯光
曾掏出我心窝深处的几行冲动
女同桌拍案
甩给我怒目圆睁的四个字——
没有如果
岁月悄悄告诉我

可有梦　别作诗

我使劲做梦

不敢作诗

几十年偶尔的萌动

一露头就摁在梦中

这几年

妻子不知听谁说写诗能治老年痴呆

沉睡的诗意从梦中唤醒

管它是不是诗

任凭诗性纵横

小溪

多少次
一个人静静来到这里
小溪分明是你飘逸的长发
倩影在微波里惺惺相惜
秋风记忆力惊人
捎给我当年的耳语
斑斓的鹅卵石和摇曳的水草
在讲述我们那年的故事

多少次
一个人悄悄来到这里
怕小溪太挤
褶皱了你玫瑰色的长裙
也怕人声鼎沸
淹没你泉水叮咚的诗意

有一次
我和你来到这里
你捧起芬芳的溪流
我捡起格桑花粉红色的记忆

第二辑　老照片

滑冰的孩子

忽如春风一夜

雪花绽放在千树万树枝头

也绽放了孩子们的笑脸

雪白的巨幅宣纸

在广场徐徐展开

任冰鞋旋舞成趣

一幅炫动的五彩图画

生动着春的序曲

影子

和月光嬉戏
小外孙
踩我的影子作秀
一串串欢乐
无拘无束

我却被外孙拘束
无论如何都不能
踩到自己的影子
即便竭尽所能
也只是踩出他一脸的不屑

月色随着小外孙的脸色
钻进云朵
就像他倏然蹿到我的怀里
嬉笑着说
抱紧了对方的影子

那一夜
影子有了温度

如果

如果

那误会确如一枚苦果

请让我把它吞下吧

好呕出你的积怨

呕出你的心火

呕出透明的你和我

失眠的夜

夜

不知是因为一杯浓茶

还是那滚烫的故事

合不上眼睛

辗转反侧

弯月也跟着辗转反侧

爬在窗口　映上眉头

在凤尾竹的倩影里徘徊

你凝望着

远处的春江花月

陶醉于一江闪烁的思恋

浮出江面的阑珊灯火

点亮一首朦胧长诗

长诗披星戴月

继续穿行

第一缕曙光

揭开　太阳的面纱

红着脸只看你一眼

你总算

闭上眼睛

第二辑　老照片

送别（外一首）

孤帆远影碧空尽的对岸

隐约着一个雕塑般的身影

不时有浪花涌来

打湿了我满眼离愁

站台

火车徐徐离开

两只挥动的手

让牵挂

由近及远

所有的站台啊

都是遥望的姿态

村史馆

记忆倒映在小溪里
小村庄倒映在村史馆里
村史馆
是一面镜子
能看清一个村庄的
前世今生

土地爷长在小庙里
小村庄长在村史馆里
村史馆
是一面回音壁
能听见一个村庄的
千年悲喜

岁月穿行在年轮里
小村庄穿行在故事里
村史馆走来了整个村庄的脚步
由远及近
生动而厚重
古老而年轻

夜读

书海里
我就是一叶小舟
或遭遇惊涛骇浪
或领略潮平岸阔
孤帆远影
碧空和彼岸一同走来

书山前
我就是一个攀登者
勤为径
恒亦坚
绝顶纵目
一览众山小

孤灯下
和一部《史记》攀谈
我就是一个叩问者
问三千年文字
纵然不老
如何镜鉴未来

书页翻动

日月轮转

尘封的日记

尘封的木箱
尘封着久违的记忆

一摞一摞的日记本
把长短不一的日子排列整齐
嘀嘀嗒嗒的时间
和心跳汇成了轨迹
几十年原来可以这样捧起

静稳与心动
眺望与希冀
蹦蹦跳跳
青春朝气
亦步亦趋
老态龙钟
离愁别绪

日子在走
化作墨迹
人生在走

俯仰天地

总有一天要走到

另一个小小的木箱里

那是我

交出的自己

也是留给这个世界

最后的日记

乡愁

是爷爷牵着牛犁地的背影
是奶奶一针一线密密缝的花镜
是父亲因为我一次逃学一巴掌打我一个跟头
打出他自己、母亲和我的满眼泪水
是母亲赶着毛驴推碾子拉磨的人生

是我也傍桑阴学种瓜的小脚印
是我一次捅驴屁股被踢到心窝的伤痛
是堆雪人　打雪仗
藏老闷　捉帼帼
下池塘　抓鱼虾的
场景

是村北谷子笑弯了的腰高粱涨红了的脸
玉米呲出的牙小麦鼓起的肚
黍子摇曳的风
是村南桃树梨树苹果树缀满的枝头
是连绵蜿蜒的小溪温柔潺潺的水声

是一壶老茶头

越喝越香

是一杯老陈酒

越品越浓

发表于《邢台日报》"百泉副刊" 2022年9月2日

第三辑

一杯茶

四季如歌

初春

冬天还露着点尾巴

却被春天踩了一脚

冬天还是逃走了

春天开始撒欢地闹

和煦的风儿

解冻了我冰封许久的记忆

淅沥的小雨

滋润了我即将干枯的思绪

阳光也来了

我和种子终于可以

一起发芽成长

盛夏

知了是最诚实的

好像打了兴奋剂

从早到晚扯着嗓子叫个不停

燥热的太阳

被喊得满头大汗

偶有几声惊雷

一场暴雨

打断了青蛙的美梦

稻花香里说丰年

在倾听着连成一片的蛙声

深秋

秋天是红色的

大人开心的笑

孩子涨红的脸

都绽放在苹果树的

累累枝头

秋天是金色的

窈窕女的黄裙

银杏树的落叶

都绘就了一幅尽带黄金甲的

灿烂夺目

秋天是斑斓的

山坡上飞扬的歌声

山脚下潺潺的流水

都镌刻着绚丽的

时代记忆

寒冬

最不容分说的粗暴

夹杂着大雪纷飞

一口气恨不得把你从头到脚

从前心到后心都吹成了冰棍儿

肆虐

就是这样的凛冽

还没等着我喘过气来

春天说

别怕

我在前边等你

发表于《中国艺术报》"九州副刊" 2022年11月28日

一杯茶

茶泡在杯里

童趣也泡在杯里

黄金芽曼舞

与我相拥

春的盎然

让烂漫的花季

不经意间徐徐零落

茶泡在杯里

岁月也泡在杯里

一壶铁观音

沸腾着悠远的往昔

倒影清晰依旧

有一个由少而衰的身躯

负重前行

在风霜雪雨中

追寻八千里路云和月

茶泡在杯里

白发也泡在杯里

一壶老普洱

沉淀着发黄的过去

幽香着紫檀色的现在

品味

在苦辣酸甜中愈加淳厚

晚来天欲雪爬上胡须

能饮一杯无

却醉倒了三五知己

一杯茶

与谁对饮

发表于《绿风》诗刊"八方诗潮"2023年第4期

春

是一池碧水的环环涟漪

是淅淅沥沥的牛毛细雨

是婀娜多姿的万千条垂柳

是似曾相识的堂前燕语

是千树万树梨花开的壮美画卷

是"祝融"探火　"羲和"逐日　"天和"遨游

星辰的时代壮举

初春窗外（外二首）

嫩柳染春

小桃才数点

一枝满怀心事的红杏

正在酝酿那首千古名诗

几行燕子

落在屋檐之上

眺望春天的步伐

植树

挖坑　植树

浇水　培土

我拍拍他的肩膀

他同我招了招手

这个春天

我和几棵树达成默契

从今天开始

我们不仅要在绿色里道别

还要在绿色里相逢

骑游队

一条彩色丝带

在十八弯的山路上

舞动　盘旋

山跟着舞动

峰回路转的阳光

忽明忽暗

山巅

在挥汗如雨中渐近

一条彩带

舞动了整个春天

叶

秋的孕育

秋的足迹

秋的成熟

秋的印记

果实的饱满与丰硕

舍不得一叶落地

淡淡离去

一片树叶

一片树叶
落到农民脚下
能捧出热腾腾馒头的芳香

一片树叶
落到画家脚下
能让大自然走进芸芸众生的目光

一片树叶
落到诗人脚下
能辉映出金灿灿的千古咏唱

一片树叶
落到音乐家脚下
能伴泉水叮咚远过远方

一片树叶
落到大山脚下
不会沉寂的
依然有枝头的仰望

柳笛

两个黄鹂
鸣声沾露带水
剔透晶莹
脚踩一抹新绿
站在春分的枝头

柳梢柔嫩
是一缕婀娜的刘海
羞答答
掩映额头

一枝鹅黄
擎在牧童手里
萌于泥土的清脆
奏响春天

露珠

露珠依偎在小草肩上
一夜没睡
在唤醒着一个返青的梦

露珠叮在燕子嘴上
呢喃叽喳
在催促着刚迈出家门的脚步

露珠滋润在花蕊脸上
闪烁的是高跟鞋
托起的一片裙子
绚丽的纵情

露珠和阳光爬到一个老农背上
滴到锄头 渗进泥土
只听见一个春在
拔节抻筋
嘎嘎作响

燕子

之一

衔着轻风细雨

衔着嫩绿鹅黄

一排排

一行行

电线上的小脚丫

沾露带水

以天空为背景

勾勒思乡的诗行

呢喃声声

是心语也是和鸣

蓝天白云

在聆听也在畅想

之二

屋檐翘首

燕子低飞

春入寻常百姓家

翅膀剪开了柳丝

空寂了太久的天空开始生动

回暖的巢穴

安放归程

故乡很小

小过这座放飞的小院

秋日银杏林

一叶知秋
我说的是银杏树叶
金色的音符有节律地跳动
秋风是娴熟的指挥
一年一度的盛会
任凭感知

一曲秋的交响
让你加入这躁动的乐队
还有女孩子的舞步
和小朋友的欢笑也在加入
硕大的秋天
在五谷之外狂欢

秋日银杏树叶
许给你一个秋天的入口
而一片银杏树林
让你迷失流连

雨游云梦山

之一

天公泼水墨
仙子舞轻盈
远看山妩媚
近听溪水声

之二

云在脚下走
梦在画中游
山在天宫立
好在仙境留

之三

如诗如画如仙境
若隐若现若梦中
亦步亦趋盘山路
腾云驾雾登顶峰

发表于《邢台日报》"百泉副刊"2022年8月30日

太行泉城赞

之一

太行泉城景色美
河湖沟渠荡碧水
落霞倒映晒倩影
朝阳百鸟展翅飞

之二

太行泉城景色好
魅力邢襄春来早
以人为本人发奋
古城再展风姿俏

之三

太行泉城景色新
硕果压弯枝头春
解放思想再奋进
政府百姓腰包沉

邢襄秋色美

之一

太行山上绿映红
丘陵腹地郁葱葱
平原沃土七彩卷
邢襄秋韵五谷丰

之二

盛世百泉再复涌
河塘沟渠碧波清
鱼肥水美竞秋色
莺歌燕舞万鸟鸣

之三

七里河畔灯火明
流光溢彩人沸腾
塔吊林立忙跨越
高质发展为民生

发表于《邢台日报》"百泉副刊" 2022年10月10日

岁月遐想

之一

是春的轻盈脚步
婀娜身姿
是夏的骄阳似火
沸腾狂躁
是秋的殷实丰厚
金黄绯红
是冬的白茫无际
刺骨凛冽

之二

是喜怒哀乐的交响
是锅碗瓢盆的碰撞
是爷爷的爷爷的爷爷
是爸爸的爸爸的爸爸
一直到我和我子孙的
现实与梦想

之三

我和种子一起孕育发芽　变成了一棵小苗

我和小苗一起成长　变成了一棵大树

我和大树一起茁壮　变成了一枚硕果

我和硕果一起枯萎　又变成了一粒种子

冬天来了　我盼望又一个春天

春天到了　我走向又一个冬天

岁月不饶人

我也从未饶过岁月

白茹云是我心目中的"诗神"。一个曾经是特困户的农民，一个只有初中毕业文凭的农民，自幼多灾多难，命运坎坷，身患癌症，却以诗励志，笑对人生，能背诵近万首诗词并自己创作写诗。在2014年12月河北电视台"中华好诗词"栏目连闯三关；在2017年2月6日，参加央视"中国诗词大会"，沉着稳健，连闯九关，全部答对选题，获得285分；2017年5月，站在了全国第27届图书交易博览会"十大读书人物"领奖台上；2018年被评为"中国网事·感动2017年度网络人物"……

诗神
——寄语南和农民白茹云

之一

无俊秀之外表
有诗书之丰润
无华堂之富足
有修学之精进

之二

柔弱奇女子

凌霜出寒门

命舛病魔虐

良药即诗心

之三

无路之路任来去

神不眷我自诗神

墨田稼穑躬身处

阡陌尽道白茹云

在海边

（一）

朝阳一睁开惺忪的眼睛

撩开暗紫色的绫被

就在海水里洗了个澡

披着若隐若现的橘红薄纱

从犹抱琵琶半遮面

到亭亭玉立

那一瞬间的妩媚

就让无数双眼睛拜倒在

你的石榴裙下

（二）

海浪在我跟前

不容分说毋庸置疑的

慷慨与主动

时不时地给你个拥抱

让你幸福得来不及回味

你要想给她一个缠绵

她会悄然离去

只能等她下一波的

热情与奔放

（三）

贝壳是海浪的足迹

五颜六色的大海故事

在沙滩上汇聚

一串串小脚印

在寻觅

在解读

任凭潮起潮落

（四）

海风呼啸

惊涛拍岸

让海边的夜很难入眠

那种

寂静中的喧闹

喧闹中的寂静

有时还有些恐怖

你偶尔能小睡一会儿

一个巨浪就能打翻

你的梦

还有一股清冷的咸味

（五）

海风是一位出色的指挥

让海浪　礁石　沙滩

这支庞大的乐队

各司其职

一曲盛大的

交响音乐会在秋水共长天一色的大幕中恢宏展开

防城港怪石滩

风是海的手臂
浪是海的足迹
五颜六色的贝壳是大海多情的画笔
北部湾的海浪热情奔放
深深地拥吻着这片滩涂 礁石 峭壁
镌刻成你中有我 我中有你的永久记忆

贝壳写下了一篇篇日记
读懂的人就是大海的知己

孤岛

孤岛孤独吗

大海说你不孤独

我与你相拥相伴　直到永远

海鸥说你不孤独

我和你一起歌唱　不论风天雨天

鱼儿说你不孤独

我和你紧紧依偎　最了解你的内心情感

阳光说你不孤独

只要有一点空闲　我们一起灿烂

一位老船长说你不孤独

有一次风高浪急

是你重新让他扬起远航的风帆

这世上本没有孤岛

只有围于孤岛上的人

发表于《邢台日报》"百泉副刊" 2023年2月20日

中秋月

一个大月饼

不知哪一年挂在了天上

这一夜

因为你

天南海北的人

闲暇忙碌的人

纷纷回到家中

围坐成一桌桌欢乐的海洋

只是看

只是赏

一个大月饼

不知哪一年系在了心上

这一夜

因为你

东奔西跑者

男女老幼者

像鸟一样

各回各的窝

各热各的炕

你一口我一口

都在吃啊

你怎么还是

那么圆

那么亮

发表于《邢台日报》"百泉副刊"2022年9月9日

核桃

满脸的褶皱

蕴含着沧桑的记忆

稚嫩的成熟

印证着岁月的足迹

丰硕和美好的背后

往往是容颜和骨骼的慢慢老去

华丽和殷实的背后

常常是凤凰涅槃浴火重生的萃取与悲泣

雪

雪是随着农民的心思

姗姗而来的

一年的期盼

在一夜间凝结

洒落在农民的心田

为春天加油助力

你应该听到庄稼拔节的

嘎吱作响

你应该闻到来年沉甸甸的五谷飘香

雪是随着孩子们的期盼

缓缓而来的

堆雪人　打雪仗　滑雪橇

孩子和大人们的嬉闹

把一个寂寞干枯的冬沸腾成

似火若夏的欢乐海洋

雪是随着所有人的心愿

如约而来的

如同好雨知时节

清新的空气驱走新冠的肆虐

凝结的甘露滋润饥渴的眼神

干涸的心在萌发着一个

瑞雪兆丰年的春

致王宝强

2018年3月17日，我带领河北邢台南和县的相关领导，作为王宝强的"父母官"去北京乐开花影业公司拜访王宝强。头天晚上，彻夜难眠，总想给他拿点、带点什么，思来想去带了"八首诗"。之后，宝强义务担当了南和县的终身形象大使，令我感动！

时间不长，宝强还给我写了封信，信短情长，同样令我感动。摘要如下：

"见诗如见人，非常感动韩县长用八首诗总结了我的成长经历，看到诗句，感觉所有发生的一切历历在目，内心感慨万千。我会继续努力前行，不负乡亲们厚爱！不负领导的用心！"

之一

八岁踏入少林门
六年寒暑披星辰
习文练武养正气
强筋壮骨抖精神

之二

二十北漂把梦寻
身单影只俗家人
偌大京城仰天问
机遇垂青大海针

之三

群众演员亦认真
演戏首要先做人
导演李扬识英才
《盲井》奠定宝强根

之四

小刚导演慧眼深
众里寻他扮傻根
《天下无贼》好世界
一举成名天下闻

之五

三多出自贫寒门
《士兵突击》铸军魂
宝强终非池中物
蛟龙得雨震乾坤

之六

《兄弟顺溜》一勇军
《蔡李佛拳》功夫深
《人在囧途》更执着
《大闹天竺》梦成真

之七

三十而立三十春
朴实善良执着人
亦导亦演勇开拓
我就是我才是真

之八

厚德载物德为本
荣誉光环情最真
儿行千里娘牵挂
树高千尺不忘根

夕阳

黄昏是
一个匆匆的赶路人
把时光踩成一地金黄
用夕阳无限好
去丰满属于自己的梦

夕阳是个魔术师
刚钻进天边的帷幕
便抖出个星月灿烂
依然映照着追梦人疾驰的脚步

发表于《邢台日报》"百泉副刊"2023年2月20日

你就这样悄悄地走了

那一夜
你就这样悄悄地走了
凤尾竹是你摇曳的神采
不打招呼也对
肯定是怕打扰了
深情吟唱的蟋蟀

那一夜
你就这样悄悄地走了
空留下落寞的我
独自徘徊
不打招呼也对
我的梦和诗
都没有做好
一岁一枯荣那样的过渡

那一夜
你就这样悄悄地走了
月亮和你转过身
云彩是你隐约的裙摆

不打招呼也对
肯定是怕我也有
太阳般温暖的挽留

你总是对的
不单单是那一夜

日历

卸下晚妆
只为和明天相约
或风尘仆仆
或从容典雅

日复一日
踩出自己的诗三百
春花　夏风　秋月　冬雪
如约而至

期许总在心里
岁月有情
为伊消得人憔悴
脚步层层叠加
收获
在行走中芬芳

星星

星星可能在天上

也可能在水里

或者在小草的露珠里

清朗夜空　明月初照

五岁的小外孙

身着汉服

手持书卷

一首《春江花月夜》被清脆诵读

宛如行云流水

一个小书童眸子里眨着

两颗星星

我的摄像机画面里有一颗星星

诗友说

第四辑

明言智语说太极

——韩明智组诗《赞王其和太极拳》赏析

近日，韩明智同志把他的组诗《赞王其和太极拳》发给我，给我带来了意外的惊喜。

我和明智同志可谓"神交"，这份情缘主要是因为我们都在平乡县和新疆工作过。当年我曾在平乡县工作8个年头，1998年从平乡到巴州援疆。过了几年，明智同志也被派到巴州若羌县援疆。援疆结束后，他被安排到平乡县担任纪委书记，由于我们先后同在这两个地方工作过，我自然就会通过一些老熟人，经常听到对明智同志的一些评价。后来有机会接触，了解得越来越多，感情也越来越深。特别是近年来，得知他也爱好太极拳，我们之间交流的内容又加深了一层，感到更加投缘。

明智同志在多个岗位工作过，他为人正直，工作务实，作风干练。他爱好广泛，业余生活丰富而有情趣，尤其在诗词创作方面激情饱满，佳作甚丰。他写诗不刻意造作、咬文嚼字、生拼硬凑，而是突出对生活的切身感悟，对真情的自然抒发，所以他的作品朴实无华、大气流畅，读之似春风扑面，给人带来美的享受和内心深处的共鸣。这从他的组诗《赞王其和太极拳》中可以感受得到。

这组诗共九首，围绕王其和太极拳这个主题，从不同角度层层展开。

第一首：

正脉传承隐民间

发源悠久古任县

欣逢盛世现生机

其和美名天下传

开篇前两句，从王其和太极拳的渊源入手，并以"隐民间"三字，点明王其和太极拳的传承特点。王其和太极拳融合杨式、武式太极拳，并集众家之长，一百多年间主要在民间传承，保持了原生态的特点，被业内专家学者称为传统太极拳的"活化石"。第三句笔锋一转，跨越历史，歌颂了改革开放以来，尤其是近十年，王其和太极拳所焕发出的勃勃生机，走出邢台、走出河北、走向世界。

第二首：

中华武林百花苑

太极奇葩独争艳

历代传人做奉献

众人划桨开大船

这段是对王其和太极拳的总体评价和定位，肯定它是中华传统武术百花苑中的一朵奇葩，在太极拳界更是林中秀木。同时充分肯定了历代王其和太极拳传人、广大爱好者和社会各界，在王其和太极拳历史传承和新时代迅猛发展中所作出的重要贡献。

第三首：

哲思妙理太极拳

德真悟恒是箴言

内外双修养正气

文武兼备立世间

这四句是在前两首基础上，对太极拳内涵的进一步解读。"哲思妙理"四字道破了太极拳是文化拳、哲学拳，具有深厚的文化内涵。接着把王其和太极拳"德真悟恒"四字要旨列出，其字字珠玑、相辅相成，是太极拳深厚文化内涵的具体体现。由此引出后两句，指明太极拳的核心要义是"内外双修"，追求的目标就是"文武兼备"，这正是中国传统文化"内圣外王"思想的体现。其中第三句"养正气"中的"养"字，用得非常精到。儒、释、道养生观都把养气作为根本，经典太极拳论中也有"气宜直养而无害"之说，所以养气也是太极拳修炼的固基之功。作者深厚的文化底蕴和他对太极拳的深刻理解，由此可见一斑。

第四首：

德在习武人之先

真功实练滴水穿

悟艺悟理悟大道

恒心恒力恒则坚

第四首以藏头诗的形式，进一步对"德真悟恒"四字要旨的内涵进行阐述，强调了修炼太极拳要以德为先，以练为功，以悟为道，以恒为坚。作者在第三、四句中，分别叠用了三个"悟"字和三个"恒"字，语气铿锵，振聋发聩。

第五首：

弟子尽责"承研传"

理明心静法度严

含势化神得奥妙

天人合一顺自然

这首诗主要谈太极拳的传承发展，对传人既是赞扬，也是期望。作为传人，首先要尽"承研传"之责：要把太极拳内在的道理搞明白，不能打糊涂拳；心要静下来，严守法度，规规矩矩、扎扎实实地练功夫。同时不能死练拳、练死拳，要由"式"到"势"，再升华为"神"，达到"天人合一顺自然"的竟界。这不正是对王宗岳《太极拳论》中"着熟""懂劲""神明"三部曲的精妙阐释吗？

第六首：

刚柔相济势浑圆

沾连粘随理法严

中正安舒含智慧

呼吸开合汇丹田

这首诗阐释了太极拳刚柔相济的内涵、沾连粘随的理法、中正安舒的精神、呼吸开合的奥妙，这些都是太极拳内在的核心功法。

第七首：

连绵不断江河水

立如平准稳如山

上下相随成一体

五弓齐备箭在弦

这首诗进一步点明了太极拳作为一门内家功夫的实战用法，其势静如山岳，动若江河，周身一家，上下相随。尤其是第四句，描述了蓄劲如开弓、发劲如放箭的高深功夫，可谓形象生动，切中要害。

第八首是全诗的高潮：

老幼皆宜众万千

摘金夺银星璀璨

走出国门获荣誉

邢襄再添金名片

这首诗充分肯定了王其和太极拳这些年来，在社会各界的支持和广大太极拳爱好者的努力下取得的成绩，以及在邢台所产生的影响力。每一句都可使人联想起王其和太极拳"六进"普及、赛场拼搏、出国交流和配合重要社会活动的场面，感人心弦，催人奋进。

第九首：

健康中国正扬帆

加油助力其和拳

国家非遗展异彩

奋进路上谱新篇

这是全诗的收尾，也是作者强有力的心声。他以新时代的胸怀和眼光，站在健康中国乃至人类发展共同体的高度，看待国家级非遗项目王其和太极拳，并大声疾呼，为其发展加油助力，祝愿其在奋进的路上取得更加优异的成绩。

九首诗连贯一气、直抒胸臆、层次明晰、以情带韵，不仅体现了作者全面的文化修养和丰富的社会阅历，也折射出他对当地传统文化品牌所饱含的关爱之情。

由明智同志的组诗，我联想起邢台著名诗人范峻海先生几年前精心创作的古风长诗《王其和太极拳放歌》，在河北省乃至全国诗词界引起了强烈反响，还引发了许多著名书法家激情挥毫，争相书写这首古风长诗。河北省王其和太极拳协会还和艺术部门合作，以此为素材创作了舞台剧，在省会艺术汇演大舞台上精彩亮相。这种文化艺术的相互融合、交相辉映，真是一种可喜的现象，顺应了"传承中华优秀传统文化，满足人民日益增长的精神文化需求"的时代呼唤，这也正是王其和太极拳这一"邢襄金名片"所蕴含着的价值、能量的体现。

发表于《邢台日报》2022年11月15日

（李剑方，先后任邢台市委政法委书记、保定市委副书记、河北省委政法委副书记、河北省委副秘书长、河北省扶贫开发办公室主任等职；曾任河北省武术家协会副主席、河北省太极拳协会名誉会长、河北省诗词协会名誉会长、《世界太极拳蓝皮书》首席专家编委、《人民网》"人民太极发展联盟"首席专家）

诗意点亮的岁月

　　前些年曾流行过一个网红语——"诗和远方"，当时也引发了一阵人们对诗意生活的向往，似乎有一夜梦回20世纪80年代的感觉，但正如网上的其他热点一样，这个热点很快就被新的热点所湮没了。现在看来，这只不过是对"人，诗意地栖居在大地之上"的另一种表述，是劬劳于现实生活中的人们对美好的诗意生活的寄托。那么，"诗意地栖居在大地上"到底有没有可能在现实中实现呢？读过韩明智先生的诗集《点亮的岁月》，我得到了一个肯定的答案。

　　《点亮的岁月》是一部用诗的形式谱成的充沛着正能量的乐章。在这本诗集中首先感受到的是诗人炽热的情感，他挚爱家庭热爱事业珍爱生活。大诗人艾青在《诗论》里言道："诗的旋律，就是生活的旋律；诗的音节，就是生活的拍节。"诗集中的代表作《点亮的岁月》是对这个论断最好的印证：

之一

岁月悠长

长不过爷爷的脚步

从家门口到一亩三分地

三百米的距离

爷爷沾满泥土的大脚

走了一辈子

之二

岁月悠长

长不过父亲头上的灯光

几十年在煤矿巷道行进

是母亲和我们的牵挂

为那盏矿灯永续光芒

之三

岁月悠长

夜晚就浓缩在一间书屋

灯光微弱

却很容易把过去点亮

一半沉于心底

一半映在纸上

这首诗从结构上看，可谓是浓缩了三代人经历的"生活三部曲，以"爷爷沾满泥土的大脚""父亲头上的灯光""夜晚就浓缩在一间书屋"这样典型的意象转换章节，凝练而充满诗性。这首诗的结尾特别好，意蕴深长，耐人回味。再如《失忆的老父亲》同样让我大为感动：

岁月的褶皱深嵌在额头

像额头一样粗糙的手

端不动半碗乡愁

满嘴仅剩的两颗牙

让一粥一饭如山如河

每一次咀嚼难过蹒跚的行走

我一勺一勺地奉还

儿时的记忆

在您迷失的时光里

转换人生的角色

老父亲啊

我知道

您灰涩的眼睛

是在说话

也在倾听

儿子不能走进您的世界

您却给了儿子满世界的风景

这首诗写出了浓郁的亲情，语言充满张力，具有感人肺腑的力量。这样的诗在这本诗集中还有很多，读到这样的诗，让我更加感慨今天的社会不能没有优秀的诗人，他们是精神家园的守望者，只有在他们的诗歌中我们才能体察到那些未被尘世的雾瘴所侵染的纯净生命底色。他们在诗的语言中将个体生命存在提升到了社会意义上的存在，这存在就具有了感染和教化的作用，他们的诗是扎根于生活、寄托了理想的人类文明之光。

诗集《点亮的岁月》是一幅用诗的审美画就的色彩明丽、意境深远的画作。韩明智先生曾作为援疆干部在新疆工作过多年，在那里，昆仑山上的冰雪澄澈他的心灵，大漠里的胡杨林给予他不屈的力量，悠远的楼兰古城带给他瑰丽的想象。这本诗集的开卷之作《边疆的月色》就将读者带入到那样一个令人神往的净域：

　　边疆的月色是清冷的
　　围着火炉吃西瓜
　　才让月色多了一道
　　白里透红的风景

　　边疆的月色是孤独的
　　晚归的牧民和几峰骆驼
　　在大漠孤烟直中摇曳
　　踩碎了由远到近的铃声

　　边疆的月色是沸腾的
　　蒙古包火辣辣的酒杯里
　　斟满了乡情友情亲情
　　举杯邀明月
　　都是狂欢共舞的身影

　　边疆的月色是炽热的
　　边境线上
　　闪烁着多少双冷峻如霜的眼睛
　　深沉的橄榄绿静如处子
　　却澎湃着似火的青春
　　边疆的明月无眠
　　为幸福照亮归程

　　这首诗在《解放军报》刊发后受到广泛好评，它的篇幅并不长，但内容十分充实，从"边疆的月色是孤独的"写出了诗人初到新疆时面对那广阔地域时的孤独感，但很快他就融入到当地百姓的生活中，"边疆的月色是沸腾的"，月光下火辣辣的酒杯、欢快的歌舞让他爱上了那方热土。如果这首诗只写到这里也不失为一首好作品，但诗人有着更进一步的结构能力，"边疆的月色是炽热的"，写到了守护这一切美好生活的边疆卫士，"边疆的明月无眠/为幸福照亮归程"，极大地升华了主题，彰显了诗人高超的立意。作为对口支援新疆若羌的干部，韩明智先生把全部精力都投入到工作中去，他对若羌每一条街道每一个定居点都是那么地熟悉那么充满感情。在《若羌红砖路》中他写道："若羌曾有一条路/2000人5年时间/用六千万块红砖/走了102公里//每一块砖都很普通/连起来竟走成了奇迹。"这首诗后有注解："若羌红砖路，1966年8月开工建设，1971年5月竣工，全长102公里，有碑为证，号称'世界上最长的砖砌公路'。"诗人多次路过这里，每次都驻足停留，追寻那悠长的回忆。这条被诗人写到心里的红砖路也带给读者极大的震撼。这条红砖路不仅是一条凝聚着热血和青春的光荣之路，更是共和国各族儿女坚定不移走向社会主义的富强之路。前些年的诗坛有一种"反崇高"理论在作妖，类同什么"垃圾派""下半身写作"等等为广大人民所不齿。韩明智先生的诗充满激情和正能量，他的诗正是我们伟大的时代需要的诗。

　　《点亮的岁月》是一本用生命的感悟熔炼而成的返璞归真的诗集。艺术修养高超的诗人不以炫技为能事，去尽浮华，尽显内蕴之醇厚。如这首短诗《叶》：

　　秋的孕育

　　秋的足迹

　　秋的成熟

　　秋的印记

果实的饱满与丰硕

舍不得一叶落地

淡淡离去

可谓大音希声，言简意深。《夕阳》也是一首别致的抒情
诗：

黄昏是一个匆匆的赶路人

把时光踩成一地金黄

用夕阳无限好

去丰满属于自己的梦

夕阳是个魔术师

刚钻进天边的帷幕

便抖出个星月灿烂

依然映照着追梦人疾驰的脚步

韩明智先生发表在《解放军报》上的《守望》中的诗句，
将情感和情景熔炼为一体：

思念

边境线一样绵长

夜色清冷而孤独

梦

却炽热

把久别的爱烧得滚烫

我们或在昆仑山巅偎依

或与家乡的油菜花纵情绽放

这是多么深沉而有力的诗句啊，它是从大地的厚重里升华

出来的灵魂书写。诗人对纯朴的乡村生活饱含深情，他在《老粗布》里写道：

老粗布长在棉花里
我也长在棉花里
阳光是母亲的最爱
那些阳光的味道在棉花里深藏
许多年之后仍能拉回游荡的思绪
我知道那样的召唤
正渐行渐远

老粗布是母亲最美的装饰
还有
一副老花镜
一双核桃般的手
一群依偎膝下的儿女
都能让她笑靥如花

棉花不会在母亲鬓边
那样的美凋零太快
祖传的审美不能走样
种花　育花　摘花　轧花　弹花
到纺线　织布　缝制的七十多道工序
让老粗布
为一个家族的温暖无限延展

老粗布穿在身上

盖在身上

身上就阳光灿烂

那光芒从新石器时代就织进了经纬

和母亲的针脚一样

在今天

依然星夜兼程

这首诗对生活的体察到了一种"全息"的境界，诗中以实观物、以物蕴情、情带笔触，全篇自然浑成。

最近十年来，中国新诗呈现出一派繁荣的状态。然而，我们要冷静地去看。一方面，从事诗歌创作者众多，诗歌作品尤其是网络诗歌作品如潮涌现；另一方面，被广大读者认可的佳作寥寥，缺乏现实感、当下性和民族文化底蕴的诗歌使得广大读者只能望而却步。怎样才能让诗回到人民中去？怎样才能让人民享受到诗意？当我们能够正视这一现实，就会明确找回应有的诗意正是"诗意地栖居在大地之上"的前提。伟大的时代需要好诗，好诗也必须同步于伟大的时代，诗意不仅要栖居更需要前行。韩明智先生以他的诗意点亮了他的人生岁月，他的创作实践值得我们广泛关注。

（孟志斌，邢台日报社总编辑，河北省首批"燕赵文化英才"，中国红楼梦学会会员）

将艺术般的岁月点亮

——我眼里的韩明智

吾久闻明智先生大名，但很长时间无缘相识。虽同为邢台人，却又初识于京都。一见如故，颇有相识恨晚之感。

2019年11月26日，由中国国家画院美术馆、河北省文联、邢台市委宣传部主办，邢台市文化促进会、邢台市文化广电和旅游局、邢台市文联、中共南和县委县政府承办的"翰墨钩沉——中国·邢台（南和）白寿章书画作品展"在中国国家画院美术馆如期开展。此展集中展出了白寿章先生书画精品162件，诠释了白寿章先生的艺术人生，并以此纪念其诞辰122周年。缘于此展，我与明智先生相识，并成为挚友。

明智先生时任南和县委副书记、县长职务，为全县经济社会发展，他肩负重担，呕心沥血。他当过教师，懂教育，谙文化，策划举办白寿章书画作品进京展，是一大创举，是他在南和县县长任上弘扬中国优秀传统文化、打出"文化自信"和"文化传承"两张大牌的一次具体实践。南和作为知名的书画之乡，以此为契机阔步迈向文化事业发展的战略高地。

后来的宣传报道已经证明，展览的成功举办为宣传和推介南和，尤其是弘扬白寿章书画艺术成就起到了有力的推动作用。明智先生为本次展览付出了很多辛劳和汗水，他在台前幕后奔波不懈、忙碌不停。在展览筹备期间，他带领相关人员多次奔忙于邢台、南和、北京等地，多次召集大小会议，发动多方力量征集白老遗作；走进中国文联、中国美协、国家画院，拜访并邀请领导、嘉宾出席开幕式，邀约多位美术评论家参加研讨会，精心布置、安排编辑出版大型画册在开幕式现场发放……我作为这次活动的主要参与者之一，见证了全过程。明智先生事无巨细，亲力亲为，给我留下深刻印象，至今难以忘怀。

记得在开幕式前夜，已是子夜时分，明智先生还坐在所住宾馆大厅角落的沙发里，埋头审阅修改主持词和讲话稿。遇到拿不准的词句，便与大家共同商榷。他从事公文写作多年，有着"一杆笔"的雅号。他站位高、要求严，对南和文化部门最初撰写的主持词不太满意，在他的指导下又修改两遍，仍觉不完美。时间已到凌晨一点，开幕式迫在眉睫，南和文化部门的一位同志给我打来电话请我帮忙并邀我到宾馆大厅与明智先生见个面。在简单交谈后，领会了他的意旨和思想，我便动笔修改。南和几位工作人员都没有休息，给我买来夜宵，陪伴左右。大约半小时后，我就拿出了修改稿。工作人员赶紧呈报明智先生，不到十分钟，他审阅通过，并托呈报人员对我的修改表示感谢。主持词通过了，同志们都很高兴，我特意看看手机上的时间，差五分钟就两点了。

那晚，我回去后就很快入睡了。我想明智先生也应该睡了一个好觉，因为我从开幕式他精神飒爽的气质形象和铿锵有力的讲话声中，看出他没有丝毫的疲惫和劳累之态。后来得知，他长期习练太极拳，身体底子本来就好的他，当然更是康健了。

时隔三年，明智先生升职履新到了市政协工作。我是一位老政协委员，我们彼此的联系就更加热络起来。他从青少年时期就爱好文学，早在20世纪80年代就开始在《邢台日报》上发表诗歌，他清晰地记得当时的编辑杨军会，每次见面都要言谢一番，感恩之心不曾相忘。他曾到若羌援疆三年，将新疆当做第二故乡，这是他人生中宝贵的经历。新疆的艰苦工作环境和困难并没有把他击垮，在他的记忆里只有欢乐和收获。每当谈及新疆的山山水水、沟渠屯寨，他都如数家珍，脱口而出。

他在援疆期间写下了许多诗歌作品，拜读其中，字里行间充满着对新疆大美的歌颂，流露着对新疆热土的深沉爱恋，涌动着援疆工作期间所付出的似火激情、实干之风。他是矿工的儿子，又是农民的儿子，他出身贫苦，自强不息，一路前行。他从教师转向从政，从基层干起，辗转多个岗位，久经磨砺，意志坚笃。他为人谦虚、诚恳、直率、和蔼，从来不端"官架子"，尤其是与文友们在一起时，更是尊师称兄，亦师亦友，啜茗论道，如沐春风。他重感情，讲义气，爱憎分明，德厚风高。对待师长，他长存感恩之心。对待下属，他更像一位老师和兄长，从不居高临下，指手画脚，时常促膝对坐，娓娓而谈，指点迷津，循循善诱，谆谆教导，语重心长，令人释然开怀、心旷神明。对待朋友，他不分贵贱，真诚相交，乐于助人，远来近悦。对待亲人，他时常慨叹，由于工作忙碌而顾不上照顾老人、妻子和孩子，为此深感亏欠和愧疚。可他并没有受到埋怨，换来的却是亲人的理解和支持。在他的作品中，情感类的诗歌占据相当比例。管窥他的每一首小诗，都能观照到其丰富多彩、沉厚凝浓的心境历程和情感世界。他也是一位普通人，上有老下有小，食尽人间烟火，可他有着诗人的禀赋和才华，有着诗人的眼睛和思维，用手中的笔把美好生活描绘成美丽的诗行，用朴实的词句，编织成一串串璀璨的珍珠项链，献给了挚爱的故乡，献给了炽热的生活，献给了无私的亲情，献给了高贵的生命。

明智先生的诗作时常伴着清晨的太阳，在"早上好"的问候里不断传来。在他的诗歌里，我目视到闪耀着的晨露的晶莹和励志的光芒，我能嗅到早春的花香，感受真切的鼓舞欢欣和撞击心怀的满满正能量。近期，他的诗作陆续在《解放军报》《中国艺术报》《绿风》等中央及省级以上报刊发表，令业界为之瞩目、惊羡。日积月累，厚积薄发。明智先生的诗歌创作出道很早，虽搁置数年，但乍一拾起，就出手不凡，实在令人敬佩、钦佩。他形容自己的一生是在奔波中度过，他必将继续奔波在生活里，他的诗歌必将走出生活，奔波在各大报刊上，奔向文坛大道的高原和巅峰。

这本《点亮的岁月》付梓出版，正是将他诗歌岁月点亮的激动时刻，可喜可贺。

他把奔波的生活过成了诗，又把如艺术般的岁月点亮。

（高玉昆，中国作家协会会员、国家一级作家、中国报告文学学会会员、中国散文学会会员、河北省作家协会理事、河北文学院签约作家。现任《散文百家》主编，邢台市文联党组成员、副主席，邢台市作家协会常务副主席。出版有长篇历史小说《大清国相魏裔介》、短篇小说集《醉情》，合著长篇纪实文学《幸福播撒太行山——李保国在太行山区扶贫纪事》等）

在点亮的岁月里打开"日历"

　　"无情岁月增中减，有味诗书苦后甜。"这是大开元寺客堂里的一副对联，今天您读到的这本诗集的名字《点亮的岁月》恰好就是一个横批。增中减的岁月是在说人，人生有涯，时光无情，轰隆隆前行不止；苦后甜的诗书之所以有味儿，那也是因为人、人情味、人间至味，人间至味点亮了岁月。

　　韩明智不仅用他的方式为我们点亮了岁月，也为我们打开了他一页又一页的诗歌"日历"。

　　故乡总是诗乡。我不敢说作为诗人的韩明智先生早慧，但是说他"早识"绝不为过。

　　我的同学包括我妻子说我比他们同龄人记事早，记事多。这除了爱学习，应该还有记性好。上小学前好住姥姥家，那时经常去翻看舅舅的书，其实他也没几本。上小学前他的几本书倒是被我翻烂，但没认识几个字。不过村里墙上的一些口号和标语能认个差不多。——《人生三宝》

　　母亲不识字但爱听河南豫剧，刻在我小时候记忆最深处的，就是母亲背着我去村里或邻村听戏。河北南部一带除了豫剧就是河南坠子。小孩子听不懂，只是看着几根竹竿和木板搭的，或者砖瓦泥台垒的简陋戏台上的花里胡哨，灌进耳朵的是咿咿呀呀。——《豫剧情缘》

我确信这是诗人最早的艺术启蒙，从墙上的一幅幅标语开始，从母亲背上听来的河南豫剧开始，诗歌的种子已经在其幼小的心灵上萌芽。这就是民间艺术的魅力和力量，纵然此后专业系统的教育，依然不能改变韩明智艺术的根系，因为这根已经深植于故乡的泥土之中。

　　老粗布长在棉花里
　　我也长在棉花里
　　阳光是母亲的最爱
　　那些阳光的味道在棉花里深藏
　　许多年之后仍能拉回游荡的思绪
　　我知道那样的召唤
　　正渐行渐远

　　……
　　老粗布穿在身上
　　盖在身上
　　身上就阳光灿烂
　　那光芒从新石器时代就织进了经纬
　　和母亲的针脚一样
　　在今天
　　依然星夜兼程
　　　　——《老粗布》

　　那些墙上的标语已经衍生出诗歌的情愫，母亲的豫剧启蒙已经从听觉延伸到了味觉，阳光的味道就是母亲的味道，而且天下无数位母亲的"针脚"还在星夜兼程。

　　岁月的褶皱深嵌在额头

像额头一样粗糙的手

端不动半碗乡愁

……

老父亲啊

我知道

您灰涩的眼睛

是在说话

也在倾听

儿子不能走进您的世界

您却给了儿子满世界的风景

——《失忆的老父亲》

　　这是一首诗，也是一席话。我们看到一个场景，这是诗歌的妙处，诗人和失忆的老父亲对视，几十年的历程浓缩在这两双眼睛里，无声却有情。失忆，那是留给记忆者的悲情，而诗人用"您灰涩的眼睛／是在说话／也在倾听"的武断来打动自己，从而让"儿子不能走进您的世界／您却给了儿子满世界的风景"来打动读者。诗歌可贵在于，用因为"失忆"带来的那么多"不能"来喷发出一个"能"，这就是儿子满世界的风景。

大锅菜和穷连在一起

那时

年节盼着的味道

……

大锅菜和大事连在一起

乡下人的喜怒哀乐

在木柴火里噼啪作响

红白喜事百味杂陈

一碗大锅菜

压疼了乡亲们的手腕儿

······

端起一碗热腾腾的大锅菜

望得见山

看得见水

——《老家大锅菜》

　　父亲母亲加上一碗饭，就让故乡有滋有味起来。一碗普普通通的大锅菜对于诗人来说并不普通，因为大锅菜和大事连在一起，大到过年过节，这是乡下孩子的盼头，大到喜怒哀乐，一碗饭也能压疼乡亲们的手腕儿。时光荏苒，诗歌里的时间就是这样在大锅菜里熬出了语言的芬芳，"望得见山／看得见水"把一碗大锅菜端到了新时代的餐桌之上。

　　读《点亮的岁月》，让我坚信一点，那就是故乡之于诗人从未远离。

　　即便是韩明智在援疆工作期间，他乡也是故乡的"心灵到位"，也能让他的感悟磨砺成诗。

　　罗布泊是中国面积最大的镇，5.1万平方公里，相当于3个北京，8个上海。平均海拔在800米左右，20世纪70年代罗布泊干涸后，地貌多是湖泊沉积平原、黄沙戈壁、神秘雅丹，昼夜温差极大，夏秋季节中午可达50到70摄氏度，晚上可低至零摄氏度以下，年降雨量28.5毫米，蒸发量3000多毫米，是全球同纬度最干旱地区之一。这里几乎没有常驻居民，彭加木、余纯顺都是在这里失踪，当年的原子弹在这里爆炸成功，被称为"生命禁区"。但是罗布泊有楼兰、米兰等多座故城遗迹，几乎寸草不生但矿产资源异常丰富，特别富钾卤水矿储藏量极大。2000年国家着手投资开发，2002年正式设立罗布泊镇，那里的工作人员生活艰苦可想而知。饮用水是从县城300多公里拉进去的，卫星电话到核心区域也不好用。人们形象地说罗布泊"每天要吃三两土，白天不够晚上补""中午地上能烙饼，晚上屋里能结冰"。即使这样，依然有我们的乡镇党委、基层党支部在死亡之海发挥作用，乡镇干部、楼兰保护站的同志们在坚守，他们守土有责啊！依然有罗布泊钾盐公司的干部职工在战天斗地，祖国需要啊！——《我给郭达讲段子》

其实，韩明智也是这守土有责、战天斗地者中的一员。诗人三年的援疆经历，我们当然不能全然感受体悟，但是诗歌中洋溢出的情感和状态却跃然纸上。

执手空空
两颗依依的心
一在大漠
一在故乡
······
我们或在昆仑山巅偎依
或与家乡的油菜花纵情绽放

······
梦需要妆点
更需要守卫
　　——《守望》

边疆的月色是清冷的
围着火炉吃西瓜
才让月色多了一道

白里透红的风景

边疆的月色是孤独的
晚归的牧民和几峰骆驼
在大漠孤烟直中摇曳
踩碎了由远到近的铃声
······
边疆的明月无眠
为幸福照亮归程
　　　　——《边疆的月色》

灵感必须来自生活，河北和新疆不同的地域、不同的风俗、不同的风景，催生出题材不同的诗作。这两首刊发在《解放军报》上的诗歌，我不单单看作为军旅诗，因为边塞诗里多有军旅的元素。《守望》里的爱情，《边疆的月色》中的友情，都彰显出诗人内心炽烈的家国情怀。"梦需要妆点／更需要守卫""边疆的明月无眠／为幸福照亮归程"，两首诗歌的结尾几乎是同一指向，那就是诗人心中为我们解读的幸福。

······
援疆
让我变成了母亲的风筝
也放飞了儿时的梦
······
新疆风大
风再大
三十多年的一粥一饭
已经化成铠甲

能防沙

能挡风

新疆夜长

夜再长

三十多年的唠叨叮咛啊

早已经化作

我心中那盏不灭的灯

——《风筝》

这是一首援疆干部写给母亲的诗，风筝的形象并不新鲜，关键是"风"和"挡风"，母亲的"一粥一饭""唠叨叮咛"此时此刻就是最大的力量——诗歌的力量，艺术的力量，人生前行的力量。

顾随说读辛弃疾要见"英雄心事，诗人手眼，悲天悯人，动心忍性"，而悲天悯人非大情怀不能为也。此处借来佛家之言一用——"无缘大悲，同体大慈"；也借来俗世一言——草木有情，人间有爱。

《点亮的岁月》里给了草木一席之地。

挖坑　植树

浇水　培土

我拍拍他的肩膀

他同我招了招手

这个春天

我和几棵树达成默契

从今天开始

我们不仅要在绿色里道别

还要在绿色里相逢

——《植树》

衔着轻风细雨

衔着嫩绿鹅黄

一排排

一行行

电线上的小脚丫

沾露带水

以天空为背景

勾勒思乡的诗行

……

屋檐翘首

燕子低飞

春入寻常百姓家

翅膀剪开了柳丝

空寂了太久的天空开始生动

回暖的巢穴

安放归程

故乡很小

小过这座放飞的小院

————《燕子》

两首诗，一首写植树，一首写燕子。草木鸟兽有情，是因为
诗人有情，人间有情，万物有情。和一棵树的道别或者重逢，
让绿色成为春天里最亮的色彩，而小到一个院落的"故乡"，
却安放着燕子无限大的天空。让人心动的不仅是诗人笔下燕子
的故乡，屋檐都在翘首，燕子怎能不低飞？

提炼诗情是"诗人手眼"，"悲天悯人"是诗人情怀。从

故乡情到他乡情，从儿女情到家国情，从人世情到万物情，韩明智用他的真诚和真情点亮了岁月，而我们也循着这样的岁月轨迹翻开一页页诗歌"日历"。

深夜寂寂

蟋蟀低吟

犬吠忽远忽近

大地的吟唱

夜以继日

……

半首长诗给我

还有半首

凝神倾听

———《半首长诗》

我一直认为好的诗行必不是写出来的，那是一种发现，一种撷拾，一种心灵和万物的契合，就像这《半首长诗》，一半在纸上，还有一半交给天籁，唯有用心聆听，方知妙处。

"大地的吟唱／夜以继日"，在《点亮的岁月》里，一页页诗歌"日历"注解着"增中减"和"苦后甜"。我以这样的方式打开了"日历"，我知道我给出的只是一个路径而已，而您肯定有自己打开的方式。

（古柳，诗人、词作家。中国音乐家协会会员，河北省音乐家协会主席团委员，河北省舞蹈家协会艺委会委员。河北文艺贡献奖、群星奖、"五个一工程"获奖者，著有作品集《卵石路》《说不定》等）

点亮的岁月

随性适分见真情

——小议韩明智诗集《点亮的岁月》

读一个人的诗，就是在读诗者的生活历程。喀纳斯、罗布泊、胡杨、塔克拉玛干、若羌不仅仅是诗人的历程，也是诗人三年援疆工作留给其心灵深处的烙印，一个烙印就是一个亮点。

一个亮点，点亮一个具体的圆。于是"世界是个圆/地球绕你转"，一切顺其自然，诗人的作品也就顺理成章了。

每一张老照片都是一个故事，每一首诗就是故事的记录。三年的离乡援疆经历，让诗人的乡愁更加浓郁，对故乡和父母更加珍重。"老粗布穿在身上/盖在身上 / 身上就阳光灿烂"，超强的画面感和感染力就跃然纸上。"父母在/满园春"，读到此处不忍向下翻阅，回味良久，思绪交错重叠，万千感慨都在这六个字中上下翻飞、无处安放，不觉中已经眸光婆娑。

品味一杯茶，人间有烟火，生活有诗意。韩明智的诗意就是"自己和自己对话/自己走进自己的世界"。诗人没有刻意去挖掘所谓的人生深度、也没有开阔所谓的智慧哲理。"端起一碗热气腾腾的大锅菜/望得见山/看得见水""岁月不饶人/我也从未饶过岁月"，语言简约，自在而平和的表达却能透彻地体现他真诚朴素的情感，同时让人看到他的理智与清醒。

刘勰说："诗有恒裁，思无定位，随性适分，鲜能通圆。"各诗家的风格形成，跟诗人的个性品行有关，所以诗歌创作是建立在个人身心经历之上的。风筝、老粗布、煤油灯、春联、大锅菜……这些具体的意象就是司空见惯的零部件，组合在一起就让人看到诗者情思饱满的立体形象。

韩明智身为忙碌的政府官员，却经常与笔者及众诗友谈诗论文，为人平和正如其诗，其诗作正如镜子里真实随性的韩明智。

韩明智的诗集《点亮的岁月》付印在即，有幸获邀写一篇"诗友说"，以上片言只语不算正文，便不伤诗集大体的雅致，自感还算贴切，不甚浮夸。我想，这应该正是韩明智及诸多读者所希望的。

（英树，邢台市诗人协会主席，《新诗大观》主编）

语言朴素　诗意温暖

一个人的工作经历，在日月交替的时光里，自然而然地成为这个人如影随形的"生命背景"。如果这个人是诗人，这种"生命背景"，也就自然地融入到这个人的写作之中。

韩明智先生曾在新疆若羌工作三年，写下和正在续写很多有关"新疆记忆"的诗歌。这类诗歌，令我感到新鲜、惊喜。粗粗梳理，原因有四：

一是胸襟阔达。他的诗不是呢喃，而是对亲历的自然风物和人、事的吟诵。诗中既有对"边疆月色""大漠孤烟""喀纳斯湖"等自然风物的倾心体验和刻画，也有对失踪于罗布泊的彭加木的缅怀，"感慨人是伟大的"，更有和新疆老乡喝酒喝成了"儿子娃娃"，对"洋溢着幽默的烟火色"的新生活的赞美。他的诗通过日常的关照，实现了语言到精神的双重建构，呈现着自然、人性最美最纯真的品质。

二是诗意温暖。他的诗犹如夏日的阳光，以明亮和炽热让人感到舒坦和温暖。善于把心灵之境外化和具象化，"缕缕清香拂面/几枝树叶招手/小路那头的身影成了双人""激流让小舟一抖/孤帆一片正从日边走来"（《徘徊》），真切地拨动人心。

三是语言朴素。写诗就是把有感觉的东西用语言留下。他的诗用语准确，没有浓妆艳抹，没有呼喊尖叫。"踏遍了万水千山/沧桑如家乡的古柳/如果一棵树对另一棵树/发出了召唤/我的步伐/定然是我的乡愁"（《那棵古柳》），长于用朴素的语言捕获生活中情感的光芒。

四是情感真实。一首诗对读者带入感的强弱，是这首诗成败的关键。他的诗带入感强烈，阅读时不知不觉"踏入"新疆的异域地貌和风情中，并心生向往。而情感的真实、沉潜，无疑是带入感强烈的根本。

有人说，诗是青春的事业，从情感的机敏度上体会这句话不无道理。但是"经验"于诗，更是不得小觑。爱且写作吧！作为同龄人，与韩明智先生共勉。

（代红杰，中国作家协会会员，邢台市作家协会名誉主席）

以奔波点亮岁月

（后记）

滚滚长江东逝水，我的奔波、我的情感也似长江。把自己的真情实感梳理成一本诗集，是多年的夙愿。《点亮的岁月》的诞生，源于少小离家老大回的颠簸狂奔，以及始终萌动、躁动的诗心。

诗集冠名《点亮的岁月》，以及其中的第一辑《喀纳斯》、第二辑《老照片》、第三辑《一杯茶》分别都是诗集中和各自篇章中一首诗的名字，也算有了释词。第四辑《诗友说》则是诗友对我作品的点评，更是鼓励与鞭策。

《点亮的岁月》非常契合我一路奔波的人生。我12岁离家上学，一直到参加工作，学校、机关、乡镇，市县乡和边疆地区，伴随着翻动的日历，我奔波的脚步一路前行。泥泞中我艰难跋涉，风沙里我勇毅笃行，见证过雨后初晴炫美的彩虹，也遭遇过狂风暴雨的无情肆虐。

奔波是我人生的主基调，奔波是一部丰富阅历、磨砺自己的难得的教科书。

都说读万卷书不如行万里路，我却觉得同等重要。我没读过万卷书，但真行过万里路。比如，我所工作过的新疆，是中国面积的六分之一，直接服务过的新疆若羌，是中国面积最大的县，四省区交界，紧联西藏，占中国面积的四十八分之一，有两个浙江省的面积。说新疆是个好地方是广义的、广阔的，不同季节、不同地域风光各异，各美其美！但真是让你在一个地方待上三年，比如若羌，你遭遇过"一天要吃三两土，白天不够晚上补"的恶劣环境吗？你遭遇过一年隔三岔五就来一场伸手不见五指、飞沙走石、几乎每次都有人员伤亡的沙尘暴吗？你遭遇过穿越沙漠戈壁三进罗布泊，考察楼兰故城遗址保护，两次遇险吗？我遭遇过！但当我回首往事，还看今朝。当年全球同纬度最干旱、环境最恶劣、百姓很贫苦的若羌，如今"枣业富民，矿业强县"的目标已经实现。当生态大为改观、农民人均纯收入早已经在西部省区各县多年名列前茅的时候，我知道那其中有全县各族人民和我这样的基层干部的奔波。这凝结着血汗的奔波，点亮了那段岁月。

从内地到新疆，再从新疆到内地，我奔波的几个县都是贫困县，似乎我这一辈子和贫困县有一种天然的血脉关系。但当贫困摘掉帽子，建成小康，斗志昂扬向前行时，我看到那其中也有我坚定奔波的脚步，那些岁月里有我点燃的一束光亮。

我苦过累过，但没有因贫困、艰苦、艰难哭过！苦难之后的幸福和欣慰也是一道大漠风景、人生风景。这些年的万里路，何尝不是对没有读万卷书的弥补！既然选择了远方，何惧风雨兼程。

我也食人间烟火，也有七情六欲。我觉得，人之所以是高级动物，在于克制，在于比较，在于谋划，在于抗争，更在于追求人间大爱！

作为上有老下有小的我，对双方老人、对妻子孩子、对亲戚朋友，有太多太多的愧疚！但他们的理解与包容、支持与鼓励，让我一路安心奔波，不言归期！

老父亲是一个普通的煤矿工人，老母亲是一个只字不识的地地道道的农民。但他们拥有朴实的家国情怀，对我一去三年的万里援疆大力支持。妻子上有八十多岁老母，下有正上初中的女儿，还有自己的工作，一副肩膀挑起至少两副肩膀才能应对的重担。她瘦弱的身躯日渐瘦弱，早生的白发掩住了过早爬上额头的皱纹。对此，妻子不仅无怨无悔，还经常对我嘘寒问暖，并曾两次前往新疆探望。她几十年如一日把老人伺候照顾之好，让我感激不尽；把孩子和孩子的孩子培养之优，让我由衷敬佩！

人们说，一个成功的男人背后，至少有一个优秀的女人，或者母亲或者妻子。而我极其幸运，母亲和妻子都是我坚强的后盾，尽管我算不上成功者。

我只有以平安、健康和优异的工作成绩去回报她们、回报给予我爱和厚望的人们，去弥补我亏欠太多的亲情、乡情、友情！

情到深处诗最美！我的诗美不美，有待读者评判。但是《喀纳斯》里有我对新疆这第二故乡深深的情；《老照片》里有我对父亲、母亲、妻儿、家乡深深的情；《一杯茶》里有我对在奔波中激荡、启迪我的人、事、景的深深的情！

手捧奔波中《点亮的岁月》，特别要致敬和致谢的还有和我正在一路奔波的人。

原文化部副部长、国家图书馆原馆长周和平先生，不仅多年来对我在工作上悉心关怀、无私指导，还多次过问我的诗集创作进程，并在百忙中欣然为我作序。

军务教务繁忙的第十四届全国政协委员、国防大学军事文化学院副院长、第八届鲁迅文学奖获得者刘笑伟先生，一直以来对我的诗歌创作多有赐教，在《点亮的岁月》出版之际他又写下序言，其慷慨的鼓励与鞭策我将终生铭记。

《诗友说》里的诗友亦师亦友，李剑方、孟志斌、高玉昆、古柳、英树、代红杰，那么多需要感谢的名字不再一一列举，其实是他们在和我一同奔跑，向着《点亮的岁月》。

还要感谢著名画家姚卫国老师不弃鄙陋，为诗集的封面和装帧设计倾心尽力、数易其稿，《点亮的岁月》方有此面貌示人。

《点亮的岁月》是我的诗集处女作，承蒙各位大家、名家、诗友的鼎力相助，国家图书馆出版社的大力支持，社长魏崇同志、总编辑殷梦霞同志悉心指导，责任编辑景晶、宋亦兵等老师字斟句酌，不吝赐教，终与读者见面。河北丹木文化传播有限公司做了大量基础工作，在此一并致谢。鉴于本人水平有限，肯定有许多不足之处，期待您的指正！

您翻开《点亮的岁月》之时，我依然在奔波……

2023年8月16日于三阳书屋